感曰此曲甚得體語亦佳

好

夢鳳按柳浪館本作隱隱鑾鑾又協獨深居本作隱鳴鑾今照改

獨深居本云攻代逼真

嬾畫眉生引小生扮堂候貼雜執旗上一鞭行色曉雲殘、五馬歸朝百姓看、內作號哭介俺的太爺呵生擁路者數千人、因何如此、丑都是攀留太爺的、生原來是銜恩赤子要追攀、俺有何功德沾名宦、知道了、是百姓們厚意、他替俺點綴春風好面顏田跪接介司農田子華迎接公相、生司農請起、下車相揖、下介揖介生司農這條官路幾時修好了、呀綵門金字新築沙隄、田是新築沙隄宰相行、生笑介願與足下同之同行介

前腔生俺承恩初入五雲端、田這新築沙隄宰相還、生重重樹色隱鳴鑾、田前面長亭了、下官備有一杯酒、便停驂、祇覺的長亭短、生恰正是取次新官對舊官、做到介田參見介生早間別過了周司憲、便到貴衙、未得相見、借此官亭之便、拜謝司農、田不敢、拜介生廿載勞君作股肱、田堂尊恩德重難勝、生公私去後煩遮蓋、田還望提攜接後程、丑參見介錄事官叩頭、生起來、二十年的參軍清苦、俺去後、司農好看顧他、丑叩頭謝介田看酒、吏持酒上介扶司農酒、花催

上相車酒到〔田送酒介〕

山花子〔喜南柯一郡棠陰滿公歸故國槐安二十載家盛户安到今朝行滿功完〔生〕印務俱已交盤了看黃金印文邊角全文書查交倉庫盤筵席上金杯滿前離恨端〔合〕歸去朝廷跨鳳驂鸞

前腔〔生〕俺舊黃堂政事新人管有一言聽俺同官休看得一官等閒也須知百姓艱難〔田〕喜明公教條金石刊下官遵承無別端二十載故人依依離別顏〔合〕前〔生〕公主久行本爵葬以羈遲告辭了〔生起行介〕

大和佛〔眾父老上〕腦頂香盆天也麽天天留生俺恩官〔跪泣介〕老爺呵你暫留幾日待俺借寇到長安捨的便抛殘〔生泣介〕父老呵難道我捨的朝廷怎敢違欽限俺二十年在此教我好不回還〔父老〕俺男女們思量二十載恩無算怎下的去心離眼〔泣攀臥介〕老爺呵俺祇得倒臥車前淚斑斑手攀闌〔生〕少不的去了〔起來起來〕〔行介〕

舞霓裳〔眾〕眾父老擁住駿雕鞍眾男女拽住繡羅襴〔生泣介〕車衣帶斷情難斷這樣好民風留著與後賢

夢鳳按柳浪館本作腦項誤今改正

夢鳳按本曲首二句柳浪館本及葉譜俱作眾父老

擁住駿雕鞍叔男女拽住繡羅襴減本改一齊擁住駿雕鞍還須拽住繡羅襴

臧曰二十年消受你百姓家茶飯句佳

看司農呵、爲俺把蒼生垂盼〔衆泣介〕留不得祇早晚生祠中跪祝讚〔生〕父老我去也

紅繡鞋〔衆〕扶輪滿路遮攔、遮攔東風回首淚彈、淚彈長亭外畫橋灣、齊叩首捧慈顏、賢太守錦衣還〔生〕衆父老子弟們請回了、〔衆〕百里內都是南柯百姓送行生生受了、

尾聲〔衆〕官民感動去留難、〔生〕二十年消受你百姓家茶飯、則願的你雨順風調我長在眼、〔下〕〔父老弔塲〕好老爺、好老爺、俺們一面拜見田爺、一面保留駙馬爺、

還是駙馬爺管的百姓穩、俺們權坐一坐、每都派一名赴京做派數介、內響道介〔丑上〕天有不測風雲、人有無常禍福、呀你們父老還在這裏、〔衆〕老爺還待趕送一程、〔丑〕你們都不知太爺行到五十里之程、前路飛報公主不幸了、〔衆〕怎麽說、〔丑〕公主薨了、〔衆哭介〕怎麽好、天也、當真麽、〔丑〕不真哩田爺分付俺回來取白綾素絹檀香去行禮、還說不真、〔衆〕這等駙馬爺不能勾回郡了、打聽是真、俺們合衆進香去、

賢哉太守有遺恩、去郡傷哉好郡君、

總評祇爲太守恩德重大先奪其蟻兔得爲蟻所困終爲螻蟻食也

自是感恩窮百姓、　千年淚眼不生塵、

第三十五齣　芳隕

【繞紅樓】老旦引宮娥上　生長金枝、歲歲月、深南柯、上結子成陰、怕病損紅妝歸遲、紫禁槐殿暗傷心【清平樂】玉階秋草、綠徧長秋道、礓石宮前紅淚悄、人在樓臺暗老、　淑女南柯病損、多嬌嬌若何、極目倚門無奈、休遮小扇紅羅、老身貴處深宮、自聞女孩兒瑤臺驚戰、旦夕憂惶、喜的千歲有旨取他夫婦還朝、昨日報來、公主帶病先行、數日知他路上如何、老身好不掛

臧曰問天天句佳

夢鳳按曾寫臧改空請臧曰空請下目連經卷也誰知道佛也無靈被鬼侵句佳

懷也、（泣介）（旦扮女官走上）青鳥能傳喜、慈烏怎報凶、啟娘娘、宮娥今日掌門、聽的宮門外人說公主病重、千歲與大小近侍哭泣喧天、不知怎的、（老旦驚介）這等怎了也、（泣介）（内響道介）

哭相思（王引淨扮内使上）欽取太遲臨、問天天、你斷送我女孩兒忒甚了、（見介）梓童、梓童、淳于家的主兒不幸了、（老旦）怎麽說、（王）公主先行數日、離南柯卒於皇華公館、（老旦哭介）俺的兒呵、（悶倒宮娥扶醒介）（王）你且休爲死傷生也、

紅衲襖（老旦）俺幾度護嬌花一寸心、（王）俺則道他美前程一片錦、（老旦）止知他嬌多好眠鴛鴦枕、（王）也怪他病淺長依翡翠衾、（老旦）當日箇鳳將雛你巧笑禁、（王）今日呵、掌離珠我成氣喑、（老旦）天呵、俺空請下目連經卷也、誰知道佛也無靈被鬼侵、

前腔（王）梓童呵、俺則道他在鳳簫樓不掛心、（老旦）誰想他瑤臺城生害了恁、（王）又不是全無少女風先凜、（老旦）可甚的爲有姮娥月易沈、（王）還記的餞雙飛俺御酒斟、（老旦）誰想道灑歸旌把紅淚飲、（王）這是前生

夢鳳按柳浪館本作還朝獨深居本作議塚從臧本改作議葬

注定了今生也、則苦了他嫩女雛男我也怕哭臨、〔老〕三千歲祇有這一女、凡喪葬禮儀、必須從厚、〔王〕聞得公主靈車先到、俺與梓宮素服哭於郊外、將半副鸞駕迎喪於修儀宮裏、其謚贈一應禮節、著右相武成侯議之

滿擬南柯共百年、誰知公主即生天、

國家禮節都從厚、要得慈恩照九泉、

第三十六齣 議葬 奇

【繞地遊】〔右相上〕家人何用、一箇為梁棟、咳道南柯乘

龍驂鳳、廿載恩深、一方權重、恰好是到頭如夢節去

蜂愁蝶、不知曉庭遶遶折殘枝、自緣今日人心別、未必花香一夜衰、俺看淳于駙馬依倚至親、久據南柯、貪收人望、俺為國長慮、請旨召回尊以左相之權、防其逼制之害、誰知事不可測、公主喪亡、國王國母郊迎其喪、舉朝哭臨三日、謚為順義公主、禮節有加、昨奉旨議其葬地、祇有龜山可葬、欲待奏知、聽的駙馬今日見朝、在此伺候、倘令旨著他面議葬地、亦未可知、道猶未了、駙馬早到、

【前腔】生素服淨扮堂候執笏丑雜扮祗從執棍上斷絃難弄、早被秋風、送生打散、玉樓么鳳、（頓足泣介）合郡悲啼、舉朝哀痛、痛煞俺無門訴控、（見右相介）（右）駙馬見朝、且休啼哭、（內響鼓生舞蹈拜介）（前）南柯郡太守今陞左丞相駙馬都尉臣淳于棼朝見、（叩頭介）千歲千歲千千歲、（末扮黃門官捧旨貼旦執符節上）令旨到來、駙馬新失公主、寡人不勝悲悼、已著尚膳監設宴後宮、其順義公主葬地、可與右相武成侯朝門外酌議回奏、（生叩頭介）千歲千歲千千歲、（起介）（右）右相

臧曰湯子論風水似得江西傳授

請了、〔右〕駙馬請了、〔生〕久不到朝門之外了、昨日遠勞
迎接、緣未朝見、故此謝遲、〔右〕不敢、〔生〕請問公主葬地
擇於何方、〔右〕龜山一穴甚佳、〔生〕龜山乃國家後門、何
謂之吉、俺曾看見國東十里外蟠龍岡氣脈甚好、何
不請葬此地、〔右〕蟠龍岡是國家來脈、還是龜山、〔生〕右
相不知、點龜者恐傷其殼、〔右〕駙馬、便龍岡好則枕龍
鼻者、也恐傷於唇、〔生〕便是龜山也要靈龜顧子、子在
何方、〔右〕便是龍岡也要蟠龍戲珠、珠在那裏、〔生〕俺衹
要子孫旺相、〔右〕駙馬子女俱有門廕、何在龜山、〔生〕右

相怎說此話、生男定要爲將相、生女兼須配王侯、少
不的與國咸休、此乃子孫萬年之計、〔右背笑介〕好一
箇萬年之計、〔回介〕這也罷了、衹是龍岡星峯太高、怕
有風蟻之患、〔生〕右相於此道欠精了、虎踞龍蟠不拘
遠近、大小蜂屯蟻聚、但取圓淨低回、何怕風蟻、〔右笑
介〕駙馬不怕蟻聚、再向丹墀回奏、〔右奏介〕臣右相武
成侯段功謹奏、

好心。。。。

【駐馬泣】（聽駐馬）問祖尋宗、妙在龜山鼻穴中、〔末〕龜山有
何好處、〔右〕他有蛾眉對案、金誥生花、羅帶臨風、〔末〕龜

夢鳳按獨深居本蟻傷作蟻聚從之

夢鳳按柳浪館本原題駐馬號花誤茲從橤譜勘正

臧曰怎貪他不住游龜倒抛除活動真龍句佳

臧曰右相卽以周弁事告湻生最有觔節

夢鳳按柳浪館本作朝房下有王親酒到今從臧晉叔本獨深居本改、

山可似龍山、右世人祇知龍虎峯上更生峯、怎知道龜蛇洞裏方成洞、泣顏回肯教他玄武低藏不做了蟻垤高封、生奏介駙馬臣棼謹奏、

前腔那龜山呵拭淚搥胸怎似蟠山氣鬱葱、蟠龍岡呵他有三千粉黛八百烟花更那十二屏峯鳴環動佩應雌雄簫樓下殿交鸞鳳怎貪他不住的游龜倒抛除了活動的真龍、末令旨依駙馬所奏著武成侯擇日備儀仗羽葆鼓吹賜葬順義公主於蟠龍岡叩頭謝恩、生謝恩介千歲千歲千千歲起介右恭喜了

愛者是真龍蟠龍岡十二分貴地哩、駙馬可知周弁也疽背而死其子護喪歸國了、生哭介傷哉故人、右呀朝房下有列位老國公王親的酒到、

卜算子衆扮國公酒席上袍袴插金貂日近天顏笑、日邊紅杏倚雲高錦繡生成妙、見介駙馬拜揖、生列位老國公老王親拜揖、衆右相國拜揖、右不敢衆駙馬遠歸愚親們都在二十里之外迎接今早到公主府上香知駙馬謝恩出朝故此相候、生多勞列位老國公老王親我湻于棼有何德能、衆二十年間每每

夢鳳按獨深居本簇錦作籠錦

總評湣于湣于有人妬矣祇恐蟻窩中做出事來奈何奈何

臧曰此非本色然不如是

駙馬盛禮、時節難忘、今日拜相而回、某等權此公酒
迎賀、（酒介）
（八聲甘州）閑身未老、喜乘龍拜相、駙馬還朝、（生）玉人
何處、腸斷暮雲秋草、（眾）駙馬公主同往南柯之時、老
夫們都在棨戟、（生）便是、南柯去時、有鳳簫北渚歸來
無鵲橋、（泣介）（合）臨鸞照、怕何郎粉淚淹消、（生歎介）
（前腔）有誰看著紅錦袍、歎淒然繫玉瘦損圍腰、（眾）俺
朝班戚畹、還讓你人才一表、香風簇錦雲漢高、夜月
穿花宮漏遥、（合前）（眾）駙馬今有請書啟知、一來恭賀

駙馬拜相之喜、二來解悶、三來洗塵、老夫忝爲國公
之長、先請駙馬少敘、其餘國戚王親、以次輪請、便請
右相國相陪、（生）老國公王親可也多著、（眾）駙馬天人
也、人所尊敬、願無棄嫌、（生）領命了、權重股肱相恩光
肺腑、親滿朝、相造請何日不醺醺、（下）（右相弔場看駙
馬相待各位老國公王親氣勢盛矣、（歎介）且自由他、
冷眼覷螃蟹橫行到幾時、（下）

第三十七齣　粲誘

（憶秦娥前）（貼引旦扮侍女上）宮眉樣、秋山淡翠閑

不足以干天象致讙詢且前孝感寺東華館請謔皆無味矣

望、明凝望秦樓夢斷鳳笙羅帳、〔唐多令〕何處合成秋人兒心上秋、大槐宮葉雨初收、唱道晚涼天氣好。問誰上小瓊樓。自家郡主瓊英是也、妹子瑤芳、嫁與湻于駙馬、出守南柯、人爲丞相、當朝無比、不料妹子過世、舉國哀傷、勅葬龍山、威儀甚盛、昨日駙馬還朝、俺王素重南柯之威名、加以中宮之寵信、出入無間、權勢非常、滿國中王親國戚、那一家不攀附他、朝歌暮筵、春花秋月、則俺和仙姑國嫂、三家寡婦、出了公禮、不曾私請得他、想起駙馬一表人才、十分雄勢、俺好

不愛他、好不重他、

【金落索】(金梧桐)當初呵、娟娟姊妹行、出聽西明講繡佛堂前、惹下姻緣相、秋波選俊郎、(東甌令)配瑤芳、十五盈盈天一方、瑤臺貴、婿兵無兩、(鍼線箱)恰好翠袖風流少一雙、(解三醒)非吾想、(懶畫眉)儘其間有便得相當、(黃鶯兒逗)逗他忘懷醉鄉、傷心洞房、(皂羅袍)取情兒我再把這宮花放、昨日剃丁靈芝夫人、上真子、早晚公主處上香回來、過此必有講談也、

【憶秦娥後】老旦同小旦道裝上彩雲淡蕩臨風洩、世

間好物琉璃相、琉璃相、玉人何處、粉郎無恙、(見介)瓊英姐閑坐悶愁、怎的不去公主府燒香耍子、好少的人兒也、(貼)怎生行禮、(老旦)俺國中王子王孫一起、侯伯王親一起、文武官員一起、舉監生員一起、僧道一起、父老兒男過了一起、然後命婦逐班而進、又是軍民妻女、過了本國、是他南柯進香、依樣文武吏民分班而哭、過了南柯、方纔各路各府差人以次而進、便是檀蘿國也差官來進、紫檀香、一千二百斤、看他銀山帛海、好不富貴也、

貼旦不謂老旦小旦亦有此想

【金落索】（金梧桐）朱絲碧瑣窗、生帛連心帳、八尺金鑪、日夜燒檀降、是人來進香、（東甌令）似同昌公主哀榮不可當、敲殘玉磬歸天響、（鍼線箱）擺下鸞旌拂地長、（解三酲）偷凝望、（懶畫眉）可憐辜負好潘郎、（黃鶯兒）據著他爲人兒紀綱言詞兒、棟梁、（皂羅袍）堪他永遠爲丞相、（老旦）不論他爲人則二十年中、我們王親貴族、那一家不生受他、問安賀生慶節之禮、如今須得逐家還遲禮纔是、

【劉潑帽】南柯太守多情況、感年年禮節風光、（小旦）如今又做了頭廳相、（貼旦）須與他解悶澆惆悵、（老旦）笑介

瓊英姐、你要與他解悶、你我三人、都是寡居、到要駙馬來做個解悶兒哩、（小旦）我是道情人哩、

【前腔】拚今生不看見男兒相、怕黏連到惹動情腸、（老旦）與到了也不由的你、（合）儻三杯醉後能疏放、把主人見愛難謙讓、（老旦）講定了、向後請駙馬三人輪流取樂、不許偏背、

駙馬兼爲相、新來主喪亡、
既然連國戚、相愛不相妨、

第三十八齣 生恣

獨深居本云
悠揚嗚咽

嬾畫眉 生引淨扮堂候丑維執棍行上 則爲紫鸞烟駕不同朝便有萬片宮花總寂寥可憐他金鈿秋盡雁書遥看朝衣淚點風前落 𢳆多少腸斷東風爲玉簫 衆稟老爺到府了 生上 生歎介 我連下馬都忘記了 集唐 這來道疏槐出老根金屋無人見淚痕 戚里舊知何駙馬清晨猶爲到西園 俺淳于生自公主亡後孤悶悠悠所喜 君王國母寵愛轉深入殿穿宮言無不聽以此權門貴戚無不趨迎樂以忘憂夜而繼日今日晚朝看見宮娥命婦齊整喧嘩則不見俺的公主妻也 末報報報有女官到 生 快請

不是路 旦扮女官持書上 蓮步輕蹺翠插烏紗雙步搖 見介 生 因何報多應娘娘懿旨下鸞霄 旦 不是洗塵勞瓊英郡主和 皇姑姨夏夜裏開筵把駙馬邀 生喜介 承尊召等閑外客難輕造即忙來到即忙來到 旦 這等青鸞傳報去駙馬一鞭來 下 內響道介 生上 許時不見女人使人形神枯槁今夜女主同筵可以一醉也正是遇飲酒時須飲酒不風流處也風流 下 上

鵲橋仙 貼引女官上 懨懨睡損無人假傍有客今宵

臧曰清夜紅顏索向此淳于客醉留髡家法也

臨況、老旦小旦上幾年不見俊兒郎、明陪侍玉樓歡唱、見介老旦日暮風吹葉落依枝。丹心寸意愁君未知、小旦今夜瓊英姐作主與淳郎洗塵解悶、俺二人明陪客還未到、閑商量一會、聞的淳郎雅量、三人之量誰可對付、貼靈芝之嫂有量、老旦三人同灌醉了他耍子便了、丑上駙馬到、

前腔生引淨扮堂候丑雜執棍上金鞭馬上玉樓鶯裏、一片綵雲凝望、笑介聊擱舊恨展新眉清夜紅顏索向、拜介西江月生自別瓊英貴主年年想像風姿、

貼勞承駙馬費心期、今夜一杯塵洗、老旦每恨淳郎新寡、小旦可憐公主差池、生原來是上真仙子和靈芝之、合且喜一家無二、生小生回朝已蒙諸王親公禮相請、何勞專設此筵、貼駙馬不知、此筵有三意、一來洗遠歸之塵、二來賀拜相之喜、三來解孤悽之悶、前幾日爲東王親國公占了貴客、俺三人商量、上真姑是道情人、靈芝夫人與妾雙寡、更無以女之人可以爲主、祇得俺三人落後輪班置酒相敬、今日妾身爲主、勉二人相陪、生小生領愛了、作卸袍換晉巾禮

藏曰此散套見江山有許多形勝搭而唱者俱與原調不合余目爲傍花腔者也

夢鳳按柳浪館本原題作前腔大謬葉譜作鵝鴨滿渡船查少三句而第三第四兩句亦欠妥協茲勘訂爲鴨香三枝船

子便衣介淨丑雜隨下介貼內侍們看酒內使女宮持酒上駙馬多年騎五馬客星今夜對二星酒到上貼老旦小旦把酒介

解三醒犯解三醒二十年有萬千情況今日的重見涫郎和你會真樓下同歡賞依親故爲卿相姊妹行家打做這一行雖不是無端美豔妝休嫌讓八聲甘州捧金杯笑眼斟量生把酒介

前腔則爲那漢宮春那人生打當似咱這迤逗多嬌粉面郎用盡心兒想用盡心兒想瞑然沉醉荷紗窗鬧打拞小宮鴉把咱叫的情悒怏羞帶酒嬾添香則這恨天長來暫醉佳人錦瑟旁無承望酒盞兒擎着仔細端詳

鴨香三枝船鵝鴨滿渡船貼老旦小旦則道上秦樓多受享則道上秦樓多受享桂枝香恰咱風吹斷鳳管聲殘怎得玉人無恙解三醒今何世此消詳玉嬌枝這是翠擁紅遮錦繡鄉生背介鵝鴨滿渡船盼豔嬌燈下恍則見笑歌成陣來來往往蘸剎爲甚不那色眼荒唐貼月上了駙馬寬懷進酒貼老旦小旦奉酒介

夢鳳按柳浪館本題作蠻兒犯誤

夢鳳按柳浪館本題作前腔大謬今從葉譜訂正

夢鳳按柳浪館本原題鵝鴨滿渡船與臧晉叔獨深居本同獨深並云不知宮調舊譜有二體此亦不合

赤馬兒半盞瓊漿、丑自加懷巨量、貼背介聽他獨自
溫存話兒挨挨好不情長、回介芳心一點、做了八眉
相向、又早欄杆月上、合畫堂中幾般清頭畫堂中幾
般清頭、小旦奉酒介
雙赤子幽情細講、對面何妨、演慜宮娥侍長舊家姊
妹儼成行舊家姊妹儼成行就月籠燈衫袖張、合前
貼再奉酒介
前腔風搖翠幌月轉迴廊、露濟宮槐、葉響秋光風
景不尋常、好秋光風景不尋常人帶幽姿花暗香、合

前生回奉酒介
前腔把金釵夜訪玉枕生涼、辜負年深興廣三星照
戶顯殘妝三星照戶顯殘妝好不留人今夜長、合前
生睡介醉矣、貼早已安排紗廚枕帳了、生難道主人
不陪、老旦悄沒這樣規矩、小旦駙馬見愛一同陪伴
罷了、貼笑介這等我三人魚貫而入
拘芝麻、衆怕爭蠢大體勢忙敬色心情曠、蝶戲香魚穿
浪逗的人多餉、則見香肌褪望夫石沒意思都襯迭牀兒上、
以後盡情隨歡暢、今宵試做團圝相、

交云一本無隨字今從葉譜改正臧曰結句佳然亦楊花體也總評一蟻甫死三蟻後生淳郎淳郎幾時得出此蟻窟也

【尾聲】（生）滿牀嬌不下得梅紅帳看姊妹花開向月光（合）俺四人呵做一箇（鄙）嘴兒休要講

亂惹春嬌醉欲癡　三花一笑喜何其

人人久旱逢甘雨　夜夜他鄉遇故知

第三十九齣　象譴（奇）

【菊花新】（右相上）玉階秋影曙光遲露冷青槐蔭御扉低首整朝衣咽不斷銅龍漏水我右相段功同心共政與我王立下這大槐安國土正好規模不料俺王招請揚州酒漢淳于棼為駙馬久任南柯威名頗盛

爲深居本云幻絕謂深居本云從來災異不應者未必不應之螻蟻諸國此宋八所不敢言也然實千古至論不意於傳奇中得之

臧曰甚槐安感動白榆星氣句佳

下宮每有樹。大。根搖之處、且喜公主亡化、欽取回朝、御又尊居左相位在吾上、國母以愛婿之故時時召入宮闈、但有請無不如意、這也不在話下、兼以南柯豐富二十年、品階但是王親貴戚無不賂遺、因此昨日回朝之後、勢要勳戚都與交歡、其勢如炎其門如市、勳戚到也罷了、還有那瓊英郡主、靈芝夫人、連那上真仙姑、都輪流設宴、男女混淆、晝夜無度、果然感動上天、客星犯於牛女虛危之次、待要奏知此事、又恐疏不間親、打聽的昨日國中有人上書、儻然吾王

問及、不免相機而言、老天非是俺段功妬心、此乃社稷之憂也、吾王駕來、朝班伺候、

【前腔】淨丑扮內臣傳呼擁王上根盤國土、勢崔嵬、朝罷千官滿路歸、一事俺心疑、甚槐安感動的白榆星氣、右相參介右相武成侯段功叩頭、千歲千歲、王右相平身、卿可聞的國中有人上書否、右不知、王書上說的凶、他說玄象謫見、國有大恐、都邑遷徙、宗廟崩壞、他說玄象是何星象也、右正要奏知、有太史令奏客星犯於牛女虛危之次、王那書中後面又說釁起

臧曰豪門二句已有埋伏

夢鳳按原題奈子樂誤今勘正

他族、尊在蕭牆、好令俺疑惑、右是、這國中別無他族
了、便是他族、亦不近於蕭牆、大王試思之、王別無人
了、則淯于駙馬。非我族類。右臣不敢言、王將有國家
大變、右相豈得無言、右啟奏俺王、
瑣窗郎瑣窗寒客星占牛女虛危、正值乘槎客子歸、虛
危、主都邑宗廟之事、牛女值公主駙馬之星、近來駙
馬貴盛無比、他雄藩久鎮、把中朝餽遺、豪門貴黨、日
夜遊戲、王一至於此、右還有不可言之處、把皇親閨
門無忌、賀新郎合感天知、蕭牆釁起再有誰、淚介可憐

故國遷移、王惱介淯于棼自罷郡還朝、出入無度、賓
從交遊、威福日盛、寡人意已疑憚之、今如右相所言、
亂法如此、可惡可惡、
前腔他平常僭侈堪疑、不道他宣淫任所爲、怪的穿
朝度闕、出入無時、中宮寵婿、所言如意、把威福移山
轉勢、罷了、罷了、非俺族類。其心必異。淚介合前右跪
介臣謹奏、語云、當斷不斷、反受其亂、駙馬事已至此、
千歲作何處分、王聽旨、
意不盡、且奪了淯于親侍衛、禁隨朝、祇許他居私第、

總評福兮禍依禍兮福伏淯于今番兮得出此蟻窟兮

臧曰詩佳

獨深居本云感慨

夢鳳按獨深居本作國家貴婿汲古竹林各本均作國王

右依臣愚意遣他還鄉爲是（王）不消再說少不的喚醒他（此題）癡迷還故里（王下右歎介）可矣可矣雖則淯于棼錮奈國土有危正是

上天如圓蓋。下地似棋局。
淯于夢中人。安知榮與辱。

第四十齣　疑懼

（生素服愁容上）太行之路能摧車。若比君心是坦途。黃河之水能覆舟。若比君心是安流。君不見大槐淯于向主時。連柯並蒂作門楣。珊瑚葉上鴛鴦鳥。鳳凰窠裏鵷鶵兒。葉碎柯殘坐消歇。寶鏡無光履聲絕。千歲紅顏何足論。一朝負譴辭丹闕。自家淯于棼久爲國王貴婿。近因公主銷亡。辭郡而歸。同朝甚喜。不知半月之內。忽動天威。禁俺私室之中。絕其朝請。天呵。公主生天幾日。俺淯于入地無門。若止如此。只自憂能傷人。再有其他。咳。真箇生爲寄客。天呵。淯于棼有何罪過也。

（勝如花）無明事。可奈何。恰是今朝結果。不許俺侍從隨朝。又禁俺交遊宴賀。祇教俺私家裏住坐。這其中（社）

臧曰樹猶如此人何以堪用得恰好

夢鳳按獨深居本娘下無的字

夢鳳按獨深居本報來作報稟

紛然事多這其間知他爲何有甚差訛、一句分明道破就裏好教人無那莫非他疑俺在南柯也並不曾壞了他的南柯、不要說人便是這老槐樹枝生意已盡樹猶如此人何以堪今日要再到南柯不可得矣、罷了、罷了、向公主靈位前俺打覺一會公主呵、

金蕉葉（末扮公子泣上）家那國那兩下裏淚珠彈破見生哭倒介原來俺爹爹在此打磨陀冷清清獨對著俺親娘的靈座、（生泣介）我兒起來、起來、長思相有來由、沒來由、不許隨朝不許遊要禁人白頭（末）好

干休惡干休、偷向椿庭暗淚流亡萱相對愁（生）兒前日父子朝見國王悲喜不勝半月之間便成此釁卻是因何、（末）天、天是非爹爹還不知（生）你兄弟俱在宮中、俺親朋禁止來往教俺何處打聽（末）爹呵這等細細聽兒報來、

三換頭無根禍芽半天抛下客星一夜兆虛危漢槎（生）國主何從得知（末）有國人上書、說玄象謫見、國有大恐都邑遷徙宗廟崩壞（生）這等、凶卻何干俺事、（末）他書後明說著釁生他族變起蕭牆、（生）是那一箇國

是父是子獨深居本云泉得妙

宮鬭安總來獨深居本作總然汲古竹林各本作總來

人、這等賸大便是他族、何知是俺、【末】右相段功、就中讒諂了、說虛危者、宗廟也、客星犯牛、女者宮鬧事也、【生】牛、女祇俺和你母親就是了、【末泣介】他全不指著母親、【生】再有誰、【末】說瓊芝之新寡、三杯後有甚麼風流話靶、【生】呀、段君何讒人至此、【末】國主甚惱、說駙馬弄權結黨、不可容矣、【生】國母怎生勸解、【末】說到蕭牆話中宮怎勸他、【生】見、不怨國人、不怨右相、則怨天。天。你。好、好的要見那客星怎的。【末】那星宿冤家著甚胡纏、害、我、的爹、

【前腔】【生】流言亂加、君王明察、親兒駙馬、偏然客星是他、總來被你母親看著了、他病危之時、叫俺回朝謹慎、怕人情不同了、今日果中其言、【泣介】你娘親曾話、到如今、少不得埋怨自家、瘦盡風流樣。腰圍帶眼差、【末】爹、爹、風流二字再也休題。頂○門○鍼○【合】說甚繁華、泣向金枝恨落花、

【入賺】【紫衣官上】走馬東華、來到淯于駙馬家、【生】堪驚詫、他陡從官裏來、寒舍、有何宣達、【紫】令旨隨朝下、時來宣召咱、【生對末慌介】猛然心裏動、敢有甚吉凶話、

梭矣臨川臨川何旁若無人乃爾雖然賢賓無人也怪不得你

［紫］俺看見天顏喜洽、多則是中宮記掛這幾日不曾行踏、［生］急切裏難求卦是中宮可的無他、［紫］驚心怎麽你須是當今駙馬、［生］紫衣官這是右相呵他弄威權要把江山霸、甚醉漢滔郎獨當了星變考察、［末］爹爹且暫時瘖啞、恁般時有的傷他、［紫辭介］你斟量回答、俺紫衣人先去也、［生］見此去如何、［末］或是好意亦未可知、［響道介］

夫子常獨立　鯉趨而過庭
一聞君命召　不俟駕而行

第四十一齣　遣生

金雞叫、［王引淨丑扮內使上］［王］氣餘霄漢傷心立象爲誰淩亂、［老旦扮國母引貼搽旦扮宮女上］非關女死郎情斷、［歎介］意外包彈就中離間、［見介］［老旦］大王千歲、［王］梓童免禮、鷓鴣天千千歲默坐長秋心暗焦這些時宮闈不見粉郎朝、［王笑介］你不知他憑你貴勢干天象俺處置他空房入地牢、［老旦泣介］原來這等了、天呵則說他能瀟散美遊遨怎知他於家爲國苦無聊、［王惱介］笑你區區兒女尋常事敗壞王基悔

怎消、〔老旦〕千歲一個女婿怎麼會敗了你王基、〔王〕你深宮不知、有國人上書、星象告變、社稷崩移、禍起蕭牆、釁生他族、他族不是他再有誰、〔老旦〕難道駙馬會占了你江山麼、〔王〕你怎知小小江山也全虧（正氣）一箇法字、他壞法多端哩、〔老旦〕他不過噇些酒兒、〔王〕噇些酒兒、連瓊英姪兒靈芝、上真都著他噇去了、〔老旦〕誰見來、〔王〕惱介、你要他亂了宮纔爲證見麼、今日設酒遣他回去、你把那些外孫收養了、不許多言、〔老旦〕泣介老天呵、不看女兒一面、〔報〕介、駙馬午門外朝見、〔王〕傳

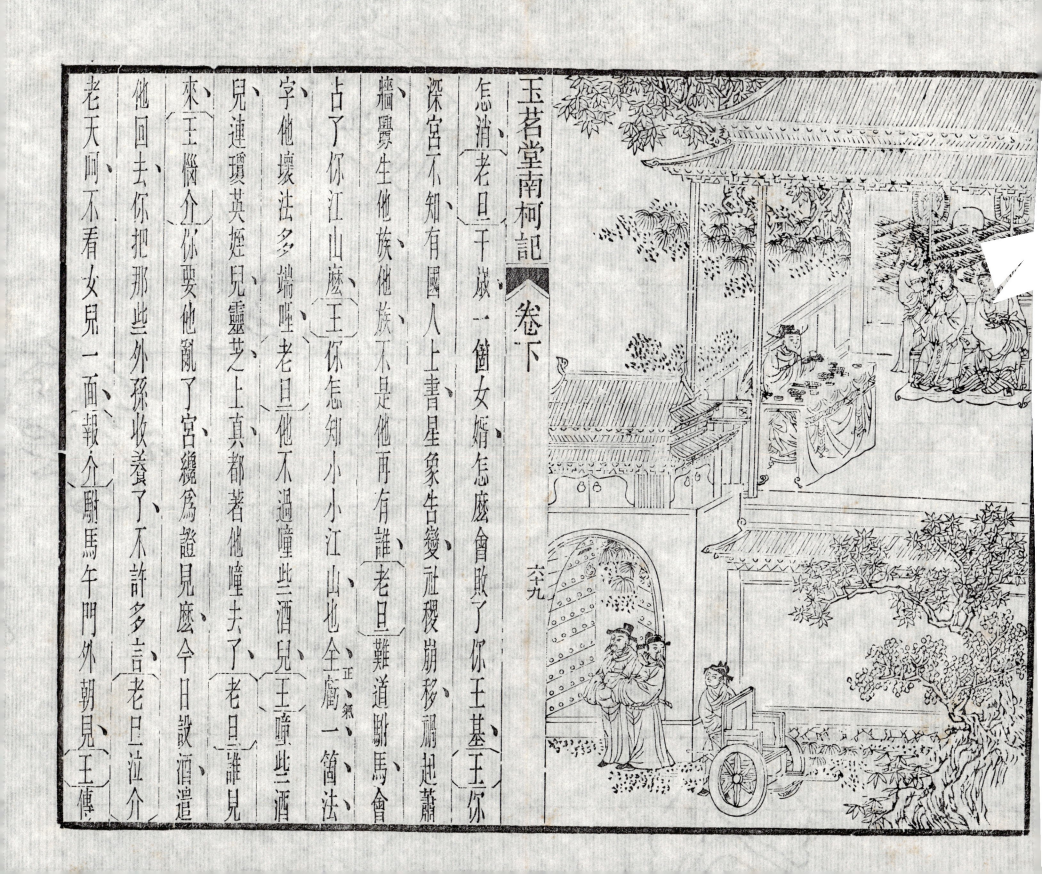

臧曰國母看生哭、有做法

旨著他進來內擂鼓介

逍遙樂生朝衣上欵曲趨朝、重見宮庭盈淚眼、歎介盼朱衣祇在殿中間、恨這芳容驚承嚴譴、暗侍慈顏、塞白一日不朝其間容刃、我戰兢兢行到宮門之內、禮當俯伏吞聲見介罪臣駙馬都尉左丞相淳于棼叩頭、俺王國母千歲千千歲內使請駙馬平身上殿生應千歲起躬介王寡人偶以煩言因而簡禮薜之諒之、老旦看生哭介呀駙馬何瘦之甚也生躬介是臣蒙天譴幽臣私室自思以公主之助守郡多年曾無敗

政、流言怨悖委實傷心王已設有酒爲卿排悶末持酒上冷落、杯、中蟻、孤棲、鏡裏鸞、酒到王今日之酒親把一杯、

皁羅袍堪歎吾家貴坦記闕南餞別、對影鳴鑾、生跪飲酒介王再斟酒、生跪飲介老旦內侍連斟駙馬數杯、止因淑女便摧殘看承君子多疏慢、生叩頭起介臣飲過三爵心愁萬端客星何處天恩見寬、合風光頭刻堪腸斷、生背介怎說到風光頭刻堪腸斷、王駙馬沉吟、知吾意乎、幸託姻親、二十餘年、不幸小女夭

夢鳳按獨深居本數杯作數行

臧曰風光頃刻句佳

臟曰此乃臣之家矣等句與前議葬折萬年之計相應

化不得與君偕老、良用痛傷、【生】公主仙逝、有臣在此、可以少奉寒溫、【王】這不消說了、則是卿離家多時、亦須暫歸本里、一見親族。【生】此乃臣之家矣、更歸何處。【王】笑介卿本人間、家非在此。【生】作昏立不語介【老旦】淳郎忽若昏睡、懵然矣。【生】作醒介呀、是了、俺家在人間、因何在此、【放聲大哭介】哎喲、臣忽思家、寸心如割、不能久侍大王國母矣、【王】叫紫衣官送淳郎起程、【生】外孫三四、俱在宮中、還請一見、【王】諸孫留此、中宮自能撫育、無以為念、【生】哭介這等苦煞俺也、【老旦】不用苦傷、但要淳郎留意、便有相見之期、〔伏下〕【生】拜介拜辭了、

【前腔】忽憶鄉園在眼、向迷中發悟、有淚闌珊、【王】因風好去到人間、三杯酒盡笙歌散、【老旦】泣介駙馬你真箇去也呵、歸心頓起攀留大難、幾年恩愛、你將如等閑、【合前】

【意不盡】【生】向樽前流湧、錦衣還、二十載恩光無限、【下】老旦淳郎、淳郎、則怕俺宗廟崩移、你長在眼、

【王】酒盡難留客、【老旦】葉落自歸山、
【生】惟餘離別淚、相送到人間、

總評淳郎淳郎今日纔得出此蟻穴好歡喜也

獨深居本云此齣夢覺相錯頭緒甚多串插綿密無懈可擊能穿一屋散錢者

第四十二齣 尋寤

【末外扮二紫衣官引旦推挽禿牛犢車上】事不三思、終有後悔。我大槐安國王、生下公主。當初祇在本國中招選駙馬便了、卻去人間請了箇湻于棼來尚主、出守南柯大郡。富貴二十餘年、公主薨逝、拜相還朝、專權亂政、謫見於天。國主憂疑、著我二人仍以牛車一乘、送他回去。【笑介】湻于棼、湻于棼、好不頹氣也。正是王門一閉深如海、從此蕭郎是路人。【生綠蟒朝衣上】忽悟家何在、潛然淚滿衣。舊恩抛未得、腸斷故鄉

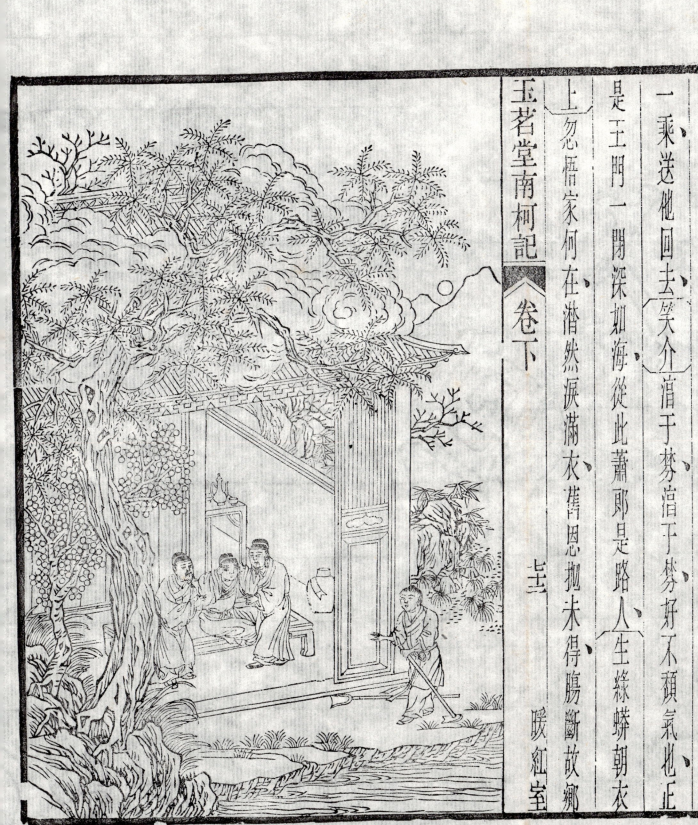

獨深居本云山歌正是點醒夢漢

歸、我涫于夢、暫爾思家、思還晝錦、思妻戀闕、能不依依、泣介見紫介生請了、便是二十年前迎取我的紫衣官麼、紫嬾應介生想車馬都在宮門之外了、紫著生行介

繡帶兒纔提醒、趁著這綠暗紅稀出鳳城、出了朝門、心中猛然自驚、我左右之人都在那裏前面一輛禿牛單車豈是我乘坐的、咳、怎親隨一箇都無、又怎生有這陋劣車乘、難明、想起來我去後可能再到這朝門之下、向宮庭回首無限情、公主妻呵、忍不住宮袍

淚迸、看來我今日乘坐的車兒、便祇是這等了、待我再遲回幾步、呀、便是這座金字城樓了、怎軍民人等、見我都不站起、咳、還鄉定出了這一座大城宛是我昔年東來之徑、少不得更衣上車而行了、更衣介

長相思著朝衣、解朝衣、故衣猶在、御香微、回頭宮殿低、意遲遲步遲遲、腸斷恩私雙淚垂、歎介回朝知幾時、紫上車快走、紫隨意行走、做不畏生打歌介一箇呆子、呆子、呆又呆、大窟弄裏去不去、小窟弄裏來不來、你道、呆、不子也、呆、鞭牛走介畜生不走、生便緩行此二麼、

獨深居本云做官不過是好夢耳還要使勢怪人炎涼凝甚但炎涼人亦在夢中不覺如何如何

臧曰遣淯生歸與前迎時大異此段情節描寫亦埶

臧曰繡帶兒二曲宜春令

四曲皆生一人供唱猶喜中多介白稍節力耳曲與諢俱不惡

前腔換頭消停看山川依然舊景爭些兒舊日人情紫急鞭牛走介生惱介看這使者甚無威勢真可爲快快如也紫鞭牛走介生紫衣官我且問你廣陵郡何時可到紫不應笑歌走介生惱介咳我好問他他則不應難道我再沒有回朝之日了便不然謝恩本也寫上得幾句哩紫笑介生他那裏死氣淘聲怎知我心急搖旌銷凝也則索小心再問他紫衣官廣陵郡幾時可到紫霎時到了鞭牛走介生望介呀像是廣陵城了渺茫中遥望見江外影這穴道也是我前來

路徑又走介呀便是我家門巷了泣介還傒倖依然戶庭淚傷心怎這般呵夕陽人靜紫到門了下車生下車入門介紫升階生升階介望見榻作驚介不要近前我怕也紫高叫介淳于棼叫三次生不應紫推生就榻生仍前作睡紫拍生背介紫槐國人何在淳郎快醒來我們去也急下生驚介醒做聲介使者使者山鵲持酒上甚麼使者則我山鵲溜沙上淳于兄醒了我二人正洗上腳來生日色到那裏山日西哩生窗兒下甚麼子溜餘酒尙溫生呀斜陽未隱於西

臧曰山鷓院主溜沙令丈苦母等白俱不恶

垣、餘樽尚湛於東牖、我夢中倏忽如度一世矣、沙溜做甚夢來、生作想介取杯熱茶來山取茶上介生再用茶、待我醒一醒、山又取茶上介生飲介呀溜兄沙兄好不富貴的所在也我的公主妻呵、山甚麼公主妻、你不做了駙馬、生是做了駙馬、溜那一朝裏駙馬生這話長扶我起來講溜沙扶起生介你們都不曾見那使者穿紫的、沙我三人並不曾見生奇怪奇怪聽我講來、

宜春令堂東廡、睡正清、有幾箇紫衣人軒車叩迎、你

說從那裏去、槐根窟裏、有箇大槐安國主女娉婷、那公主小名我還記的喚做瑶芳招我爲駙馬曾侍獵於國西靈龜山、山後來怎的、生這國之南有箇南柯郡、槐安國主把我做了二十年南柯太守、溜沙享用哩、後來呢、生公主養了二男二女、不料爲檀蘿小賊驚恐、一病而亡、歸葬於國東蟠龍岡上、山哭介哎也可憐、可憐、可憐、我的院主、生獵龜山他爲防備守檀蘿、葬龍岡我悽惶煞了鸞鏡、沙後來呢、生自公主亡化、雖則回朝拜相人情不同了、勢難行、我情愿乞還鄉境、

臧曰乞還鄉境滴生猶未能忘情槐安耶

那國王國母、見我思歸無奈、許我暫回、適纔送我的使者二人、他都是、紫衣、一品、【山】哎呀、不曾待、的他茶（趁）哩、【生】二兄、你道這是怎的、【溜】不知呢、【沙】我也不知、【生】怎生槐穴裏去、【沙溜】敢是老槐成精了、

【前腔】花狐媚、木客精、山魈兒、備鍬鋤、看槐根影形、【山】取鍬上、【介】東人、東人、你常在這大槐樹下醉了睡著手了、【生】也說得是、且同你瞧去、【行瞧介】【溜】這槐樹下不是箇大窟窿、【掘介】有蟻、有蟻、尋原洞穴、怎祇見樹皮中有蟻穿成路徑、【溜】向高頭鍬了去、【衆驚介】呀、你

看穴之兩傍、廣可二丈、這穴中也、一丈有餘、洞然明朗、【沙】原來樹根之上、堆積土壤、但是一層城郭便起一層樓臺、奇哉、奇哉、【山驚介】哎也、有蟻兒數斛隱聚其中、怕人、怕人、【生】不要驚他、嵌空中樓郭層城、怎中央有絳臺深迥、【沙】這臺子土色是紅些、【覷介】單這兩箇大蟻兒、並著在此、你看他素翼紅冠、長可三寸、有數十大蟻、左右輔從、餘蟻不敢相近、【生歎介】想是槐安國王宮殿了、【溜】這兩箇蟻蛘、便是令岳丈岳母哩（妙）【生泣介】好關情也、受盡了、兩人恭敬、【溜】再南上掘去、

獨深居本云受一作侵

今世上生祠无不如是如是

今世上文章无不如是如是

臧曰完田子華獻龜山大獵頌公案

今世上妻孥无不如是如是

呀你看南枝之上可寬四丈有餘也像土城一般上面也有小樓子羣蟻穴處其中呀見了淳于兄來都一箇箇有擧頭相向的又有點頭俯伏的得非所云南柯郡平沙是貴治了

前腔南枝偃好路平小重樓多則是南柯郡城生像是了歎介我在此二十年太守好一不費心誰道則是些螻蟻百姓便是他們部下有七千二百條德政碑生祠記通不見了祇這長亭路一道沙隄還在有何德政也虧他二十載赤子們相支應山西頭掘將去

沙呀西去二丈一穴外高中空看是何物覷介原來是敗龜板其大如斗積雨之後蔓草叢生既在槐西得非所獵靈龜山乎生是了是了可惜田秀才一篇龜山大獵賦好文章埋沒龜亭空殼落做他形勝沙掘向東去丈餘又有一穴古根盤曲似龍形莫不是你葬金枝蟠龍岡影生細看哭介是了你看中有蟻塚尺餘是吾妻也我的公主呵

前腔人如見淚似傾叫芳卿恨不同棺共塋爲國王臨併受淒涼叫不的你芳名應二一兒我當初葬公主

今世上風水无不如是如是

今世上江山无不如是如是

臧曰完象譏折國人上書公案

時、爲些小兒女與右相段君爭辯風水、他說此中怕
有風蟻、我便說縱然蟻聚何妨、如今看來蟻子到是
有的了、爭風水有甚蟠龍、公主曾說來他說爲我把
螻蟻前驅真正、丙風起介山好大風雨來了、這一科
蟻子都壞了、他能生慌介莫傷情再爲他繞門兒把
宮槐遮定、蓋介山蓋好了、衆雨去衆不自逃龍雨。因
誰爲蟻封。下丙叫介雨住了、山上笑介好笑好笑、孩
兒天快雨快晴、瞧介哎呀相公快來、生沙溜急上山
你看這些蟻穴都不知那裏去了、衆驚介真箇靈聖

哩、生也、是前定了、他國中先有星變流言國有大恐、
都邑遷徙、此其驗乎、
太師引一星星有的多靈聖、也是他不合招邀我客
星、沙可知道滄海桑田也則爲漏洩了春光武陵、生
步影尋蹤、皆如所夢、還有檀蘿逕江一事可疑、山想
介有了有了、宅東長逕古溪之上有紫檀一株藤蘿
纏擁、不見天日、我長在那裏歇晝、見有大羣赤蟻往
來、想是此物、生著了、此所謂全蘿道赤剝軍也、但些
小精靈能斷挺險氣煞周郎殘命、溜那箇周郎、生是

批曰此結周弁田子華案

周弁爲將、他和田子華都在南柯郡裏、【山】有這等事、【生】
連老爺都討得他平安書來、約丁丑年和我相見、
【溜】今年太歲丁丑了、【生】這是怎的、可疑可疑、胡厮踁、
和亡人住程、怕一不是我身廂有甚麽纏魂不定、【沙】亡
人的事、要問、箇、明眼禪師、就搭去、【山】有、有、有、剛纔一箇和尚
在門首躲雨、【生】快請來、【山】出請介
【前腔】小生扮僧上 行脚僧誰見請、【見介】原來是湻于
君有何事情、【生】師兄從何而來、【僧】我從六合縣來、【生】
正要相問、六合縣有箇文士田子華、武舉周弁二人

可會他、【僧】是有此二人、平生至交、同日無病而死、【生】
【驚介】這等一發詫異了、【僧】這中庭槐樹攔倒、因何、【生】
小生正待請教、這槐穴中有蟻數斛、小生晝臥東廊、
祇見此中有紫衣人相請、小生去、爲國王眷屬、一混
二十餘年、醒來一夢、中間有他周田二人在內、今聞
師兄言說、都是他死後遊魂、這也罷了、卻又得先府

批曰完得父書公案

君一書、約今丁丑年相見、小子十分憂疑、敢有甚嫌
三怕九恰今年遇丑逢丁、【僧】這等恰好契玄大師擇
日廣做水陸道場、你何不寫下一疏、敬向無遮會上、

總評涪于生的是君子、於螻蟻尚有情、不比今人視妻孥爲路人也

獨深居本云情轉二字雅

問此情緣、老師父呵破空虛照映、一切影把公案及期參證〔生揖介〕承師命、似玉應蘭聽經、又感動我竹枝殘興〔僧〕這功德不比玉蘭小會、要清齋閉關七七四十九日、一日一夜念佛三萬六千聲、到期燃指爲香、寫成一疏、七日七夜哀禱佛前、纔有些兒影響〔生〕領教、則未審禪師能將大槐安國上眷屬普度生天、〔僧〕使得、

〔尾聲〕〔生〕儘吾生有盡供無盡、但普度的無情似有情、我待把剳不斷的無明向、契玄禪師位下請、

空色色非空、　還誰天眼通、
移將竹林寺、　度卻大槐宮、

第四十三齣　轉情

〔浪淘沙〕〔外扮僧持旛上〕頂禮大南無、擊鼓吹螺天歌梵放了槃那羅、晝夜燈旛長續命、照滿娑婆、

〔前腔〕〔老旦扮僧持磬上〕人在欲天多、怕煞閻羅、新生天裏有愁麼、次第風輪都壞卻、甚麼娑婆、

〔前腔〕〔生捧香鑪上〕弟子有緣蘿、曾出守南柯、光音天裏事如何、但是有情那盡得、年少也、娑婆、〔生放香鑪

禮佛介合掌向衆介弟子稽首、衆一切衆生、頂禮如來、威光憑仗禪師法力、有精心的檀越、戒行的沙彌、唄讚者百千萬人、海潮音、如雷震、沸拜祈者四十九日、河沙淚似雨滂沱、果然無礙無遮、必當有誠有感、祇待法師慧劍遙指、務令衆生以次生天、生稽首介凡諸有情、普同慈願、

北仙呂 點絳唇 淨扮契玄老僧威容上 奏發科、宣諸天、燦爛琉璃殿、夢境因緣、佛境裏參承徧、生向淨稽首介弟子淳于棼稽首、衆稽首介契老僧修行到九十

一歲、纔做下這壇水陸無邊道場、也虧了先生們虔心齋了七七四十九日、拜了這七日七夜、這幾夜河路廣破暗之燈、焰口飽清涼之食、虔求懇至、誓願弘通、今夜道場告終、先生可有甚祈請、替你鋪宣、生小生第一要看見父親生天、第二要見瑤芳妻子生天。第三願儘槐安一國普度生天。契好大願心、你可便燃指爲香、替你鋪陳情疏、儻有奇驗、以報虔誠、衆發擂吹介生膜拜三拜介

混江龍 契這淮南卑賤淳于棼、撲地禮諸天、生燒指

夢鳳按獨深居本親下屬下有呵字汲古竹林與葉譜皆無呵字今照獨深居本增

介〔契〕則他恨不的皮刳燭點、則這些指頂香燃、爲他
久亡過的老椿堂葬朔邊、和他新眷屬大槐宮變了
桑田、他老親呵魚雁信暗寄、與九重泉他眷屬呵一
螻蟻情顯豁在三摩殿、仗佛力如來立地、和他度情
緣一衆生天、祈請已過待我楊枝灑水布散香花、〔契〕
衆楊枝灑水介
〔油葫蘆〕我待手灑楊枝有千百轉、洗塵心把甘露顯
〔散花介〕香風臺殿雨花天、人天玉女持花獻、花光水
色如空旋、仗如來水月觀、把世界花開現、水珠兒撒

〔地蟲兒〕嘛紇哩予吐紅蓮、〔契〕多時分了、〔衆〕月待中哩、
〔契〕大衆一路行香繞此天壇之下、則老僧與先生登
於壇上、看望諸天中有甚麼景象也、〔衆應介〕〔契〕欲窮
他化路、須待淨居天、〔同生下〕〔內鼓吹唱介〕〔衆〕散花林、
花氣深、如來佛、觀世音、諸天眼、衆生心、三明度九幽
沉、
〔天下樂〕〔契持劍引生衆上〕呀、蹬上了天壇月正圓、天
也麼天真乃是七寶懸閃星光高寒露氣鮮、〔生〕這天
壇之上怎生帶寶劍來、〔契〕這劍呵、壞天風幾劫緣斷

獨深居本云宗門警語

獨深居本云道破

臧曰重提帶眷屬而來是提醒淳于處

臧曰又提白鶊哥叫蟻子

天魔卽世纏、恰纔箇步天罡今夜演、（生歎介）小生最苦是我父親許下丁丑年相見、則除是今夜生天相見也、

那吒令（契倚見呵）不怕幾重泉、則要你孝意堅、不怕幾重天、則要你敬意虔、不怕幾重緣、則要你道意專這點心黑鑽鑽地孔穿、明晃晃天壇現、敢盼著你老爺爺月下星前、（生問介）老爺兒罷了、螻蟻怎生變了人、（契）他自有他的因果、這是改頭換面、（生）小生青天白日被蟲蟻扯去作眷屬、卻是因何、（契）彼諸有情皆

由一點情暗增上騃癡、受生邊處、先生情障、以致如斯、（生）幾曾與蟲蟻有情來、（契）先生記的孝感寺聽法之時、我說先生爲何帶眷屬而來、當時有二女持獻寶釵金盒、卽其人也、

寄生草　則爲情邊見生身兒住、一邊你靈蟲到住了蟲宮院、那騃蟲到做了人宅眷、甚微蟲引到的禪州縣、但是他小蟲蟲湊著好姻緣、難道老天天不與人行方便、（生）咳、小生全不知他是螻蟻、大師怎生不早道破也、（契）我分明叫白鶊哥說來蟻子轉身你硬認

畢藏曰又提三煩惱偈

藏曰如今知道了還有情於他麽此宗門派也

獨深居本云一折更醒

是女子轉身【生】是小生曾聽來【契】便是你問一二聲須
惱我將半偈暗藏春色頭一句秋槐落盡空宮裏司
不是槐安國第一句祇因棲隱戀喬柯是你因妻子
得這南柯也第三四句惟有夢魂南去日故鄉山水
路依稀此是夢醒時節依然故鄉也【生】小生是曾沉
吟這話來【契】背介便待指與他諸色皆空萬法唯識
（又作餘波）他猶然未醒怎能信及待再幻一箇景兒要他親疏
眷屬生天之時一一顯現等他再起一箇情障苦惱
之際我一劍分開收了此人爲佛門弟子亦不枉也

【回介】詔于生當初留情不知他是蟻子如今知道了
還有情於他麽【生】識破了又討甚情來【契】笑介你道。
沒有情怎生又要他生天呀金光一道天門開了【生】
看驚介是也
幺篇【契】一道光如電知他是那界的天莫非是寶城
開看見天宮院寶樓開放入天宅眷寶雲開散作天
州縣【生】呀天上甚麽聲響【內風起介】知他世界幾由
延卻怎生風聲響處星河變【內作奏樂報介】切利天
門開【又報介】檀蘿國螻蟻三萬四千戶生天【契作驚

獨深居本云未能寃親平等寫盡人情

癡人

總評且莫笑湻于爲癡漢世上誰人不姓湻于也

獨深居本云情盡二字雅

介〕是切利天門報聲檀蘿國螻蟻三萬四千戶生天、你看紛紛如雨上去了也、〔生〕哎、檀蘿國是我之寃仇我這一壇功德顛倒替他生天怎了怎了〔契笑介〕〔賺煞〕則你有、那答裏寃這答裏緣那蠢諸天他有何分辨、〔生〕檀蘿殺了南柯多少人馬多少業報〔契〕恁蟲豸兒殺害是前生怨但回頭也普地生天〔生哭介〕則要見我的親爺、我的公主妻也、〔契〕跟我下了天壇向三十三諸天位下、再燒一箇指頭何如、〔生〕疼也、〔契〕哎、打捱著指輪圓、爲滿門艮賤、點肉香心火透諸天等

一箇星兒轉步天壇你再看天面、那時節敢爺兒相見重會玉天仙、〔契扯生下介〕〔衆上〕鼓吹唱前散花林云云〔下〕

第四十四齣　情盡

〔生作指疼上〕哎也、焚香十指連心痛。圖得三生見面圓。小生雖是將種、皮毛上著不得箇炮火星兒、祇爲無邊功德、燒了一箇大指頭、到皮了禮蘿生天、如今老法師引我三十三天位下、再燒了這一箇大指頭、重上天壇、專候我爹爹公主生天也、〔内風起生驚介〕

癡人

臧曰滛生情癡不能忘南柯何況公主夢鳳按汲古竹林葉譜各本爹作爺也臧曰此下皆滛于種種情障非禪師金剛劍安能破除

天門開了〔望介〕又在說天話了〔內報介〕大槐安國軍民螻蟻五萬戶口同時生天〔生喜介〕好了好了分明說大槐安國軍民螻蟻五萬戶口生天喒南柯百姓都在了則不見爹爹和公主的影響苦了這壇功德

〔香柳娘〕謝諸天可憐謝諸天可憐則我爹兒不見又朦朧隔著多嬌面展天壇近天展天壇近天〔拜介〕拜的我心虔有靈須活現盼雲端悄然盼雲端悄然〔外丁好了好了那北上有雲烟似前靈變呀天門又門了〔內

瓶曰此涫于生見父生天

夢鳳按柳浪汲古竹林葉譜各本作爺兒惟獨深居本作爹兒今改從之又云余父見背矣讀之嗚咽不

風起介外扮老將上涫于棼我兒你父親來了、生跪哭介是我的爹、

前腔外歎遊魂幾年、歎遊魂幾年、你孝心平善、果然丁丑重相面生爹爹、兒子生不能事、死不能葬、罔極之罪也、母親同來麽、外你母親久生人世了、則我墳塋蟻、穿我墳塋蟻、穿卻得這因緣、爹兒巧方便、我去也、生哭介爹爹那裏去、外喜超生在天、喜超生在天兩下修行、那你人天重見、生哭介親爹你也下來待兒子摩你一摩兒。。。。。。。

前腔痛親爹幾年、痛親爹幾年、夢魂長見、那些兒孝意頻追薦、外我都鑒受了、我兒你今後作何生活、生依然投軍拜將、外快不要做他、犯了殺戒、再休題將權、再休題將權、我為將玉皇邊還怕修羅有征戰、天程有限、我去也、喜超生在天、喜超生在天、兩下修行、那你人天重見、外下生哭介右相周田二人如前扮上涫于公請起、休得苦傷、生起望介原來是段相國周田二君、衆是也、生右相一向邈問小生卻是為何右笑介涫于公蟠龍岡風水在那裏、周涫于公我被

獨深居本云夢覺關頭

臧曰此見右相周田三人生天

獨深居本云化境

描摹足相

臧曰此見國王國母生天

癡人

係氣死也【生】我廿載威名都被你所損哩【田】則我田子華始終得老堂尊培植【右笑介】這恩怨都罷了如今則感謝于公發這大願我們生天

【前腔】【右眾】是同朝幾年是同朝幾年苦留恩怨也祇似南柯功德和那檀蘿戰弄精靈鬼纏弄精靈鬼纏識破枉徒然有何善非善【內鼓吹介】【眾】請了國王國母將到【合】喜超生在天喜超生在天兩下修行和你人天重見【下】【生】是國王國母模樣也【跪迎介】

【前腔】【王同老旦眾掌扇擁上】立江山幾年立江山幾

年【見介】【生】前大槐安國左丞相駙馬都尉臣淳于棼叩頭迎駕【王】淳郎淳郎生受你了【老旦】淳郎別時曾說來你若垂情自有相見之期那些外甥子通跑上天去了你可見【生】不曾見哩【老旦】都做天男天女了喒一門貴賤爲天眷屬非魔眷【生】敢問此去生天比大槐宮何如【王】去三千大千去三千大千不似小千般如沙細宮殿淳郎我去也公主和宮眷們後面來【合】喜超生在天喜超生在天兩下修行和你人天相見【下】【生叩頭送起介】公主將到小生竦身以俟算來

臧曰此見瓊英靈芝上真三姬生天

臧曰此見瑤芳公主生天

二十載南柯。許多恩愛。(望介)還不見怎的。又望介雲頭上幾箇宮娥彩女來也、

前腔(小旦道扮同老旦貼上)誤烟花幾年誤烟花幾年寂寥宮院、(生)又不是公主、是上真仙姑靈芝夫人、和瓊英姐、(老旦衆笑介)那淳于浪子風流面、(見介)(生)三位天仙請了、(老旦歎介)淳郎淳郎、我四箇人家的正好被那箇國人的狗才打斷了我們的恩愛。(生)那裏是國人、便是那不知趣的右丞相、(小旦)如今這話休題了、(生)三位天仙下來、我有話講哩、(貼)我們是天

身了、怎下的來、(老旦)便下的來、你人身臭也、不中用、最人身可憐、最人身可憐、我天上有好因緣、你癡人怎相纏、(貼)去也、公主來了、(合)喜超生在天喜超生在天雨下修行、和你人天重見、(下)(內風起介)(生)這陣風好不香哩、(聽介)你聽雲霄隱隱環佩之聲、的是公主到也、(拱望三次還歎介)(內風又起介)

北新水令(旦扮公主上)則那壢龍山高處彩鸞飛、這又是一程天地、金蓮雲上蹴、寶扇月中移、輾破琉璃我這裏順天風響霞帔、(生哭介)兀那天上走動的莫

不是我妻瑤芳公主麽（旦）是我淳郎夫也、久別夫君、
奴在這雲端稽首了、我為妻不了誤夫君、（生）廿載南
柯恩愛分、（旦）今夕相逢多少恨、（合）萬層心事一層雲
生叩頭介公主感、恩不盡了、你去後我受多少磨折
你可、不、知。（旦）都知道了、
南步步嬌（生）受不盡百千般東君氣、和你二十載南
柯裏、無端兩拆離、則一答龍岡、到把天重會、恰此些時
弄影彩雲西、還祇似、瑤臺立、著、多、嬌媚、（生）公主妻呵、
快下來有話說（旦）我下不來、（生）怎下不來也、妻呵、

北折桂令（旦）我如今乘坐的是雲車走的是雲程站
的是雲堆、則和你雲影相窺、雲頭打話、把雲意相陪、
（生）自公主去後、我好不長夜孤悽、（旦）你孤悽麽、可知
你一生奇遇、虧了那三女爭夫、我臨終數語因誰、（生）
知罪了、公主也、則是一時無奈結箇乾姊妹兒、飾、說、也、好、。（旦）你
則知道、一霎時酒肉上朋情姊妹、早忘了二十載花
頭下兒女夫妻、（生）你如今做了天仙、想這些小事都
也不在懷了、則是我常想你的恩情不盡、還要與你
重做夫妻、

至此極矣

獨深居本云又一典故妙甚

夢鳳按各本無呀字從葉譜補

獨深居本云節節靈通

【南江兒水】我日夜情如醉、相思再不衰、公主我怕你生天可去重尋配、你昇天可帶我重為贅、你歸天可到這重相會、三件事你端詳傳示、（哭介）你便不然呵、有甚麼新、穎、天上希奇也弔下、人間為記、（旦）淳郎你既有此心、我則在忉利天依舊等你為夫、則要你加意修行、（生）天上夫妻交會可似人間、（旦）忉利天夫妻就是人間、則是空來並無雲雨、若到以上幾層天去、那夫妻都不交體了、情起之時、或是抱一抱兒、或笑一笑兒、或嗅一嗅兒、夫呵、此外便祇是離恨天了、（歎介）天呵、

玉茗堂南柯記　卷下　九十一　暖紅室

【北雁兒落帶得勝令】（雁兒落）但則你蓮花鬢、坐一回、恰便似幾穿珠滾盤內、便做到色界天、和你調笑咦、則休把離恨天胡亂揣、（生）看了芳卿在雲端、就是嫦娥、（旦）你不知嫦娥也就是人間常娥化作娥兒飛上天去、則他在桂樹下、奴家在大槐宮、（得勝令）呀、都一般宮苑不低微、你登科向大槐比應舉攀丹桂、都一樣上天梯、（歎介）你便宜見天女無迴避、傷悲、怎的俺這俏怨○轉雲頭漸漸低、（旦做墜下、生抱介）（旦）呀、怎的弔下來、（生）

臧曰了前叫妹子公案
獨深居本云一字不放過

夢鳳按獨深居本白作你好收了柳浪汲古竹林各本作淳郎記取獨深本云蟻借你音巧妙

妙甚

臧曰紙撚兒還不曾打噴嚏是宗門語

獨深居本云妄想濃處痛下一棒狂心頓歇歇即菩提

我的妻呵、〔旦〕人天氣候不同、靠遠些兒也、哥〔生〕你怎生叫我哥〔旦〕你也曾在此寺中叫我一聲妹子〔生〕想〔介〕是曾叫來〔旦〕你前說要箇表記兒這觀音座下所供金鳳釵小犀盒兒此非淳郎一見留情之物乎〔生〕想〔介〕是也〔旦〕稽首佛前取金釵犀盒與生〔生〕接〔介〕淳郎淳郎記取犀盒金釵我去也〔生〕接釵盒扯旦跪哭〔介〕

〔南僥僥令〕我入地裏還尋覓你昇天肯放伊我扯著你留仙裙帶兒拖到裏少不得蟻上天時我則央及蟻〔旦〕你還上不的天也我的夫呵〔生〕我定要跟你上天〔生旦扯哭介〕契猛持劍上砍開唱呀字後〔介〕旦急下〔介〕〔生驚跌倒介〕

〔北收江南〕〔契〕呀你則道拔地生天是你的妻猛擡頭在那裏你說識破他是螻蟻那討情來怎生又是這般邏戀〔歎介〕你睁著眼大槐宮裏睡多時紙撚兒還不曾打噴嚏你癡也麽癡忽轉你則看犀盒內金釵怎的提〔生醒起看介〕呀金釵是槐枝犀盒是槐莢子咥要他何用〔擲棄釵盒介〕我淳于棼這纔是醒了人間君臣眷屬螻蟻何殊一切苦樂興衰南柯無二等為夢

大徹大悟

臧曰此從金剛經拾得來獨深居本云壹可禮三拜依位立達磨曰汝得吾髓

臧曰此曲可以醒世

獨深居本云人似蟻文家絕妙倒法作收句振起全部精神

境何處生天小生一向癡迷也

【南園林好】嗜為人被蟲蟻兒面欺一點情千場影戲做的來無明無記都則是起處起教何處立因依【契】你待怎的【生】我待怎的求眾生身不可得求天身不可得便是求佛身也不可得一切皆空了【契喝住介】空箇甚麼生指手笑介合掌立定不語介

【北沽美酒帶太平令】【沽美酒】【契】眾生佛無自體一切相不真實【指生介】馬蟻兒倒是你善知識你夢醒遲斷送人生三不歸可為甚斬眼兒還則癡有甚的金釵

槐葉兒【太平令】誰教你孔兒中做下得家資橫枝兒上立些形勢早則白鵰哥洩漏天機從今把夢蝴蝶掐了羽翅我呵也是三生遇奇還了他當元時塔錐有這些生天蟻兒呀要你眾生們看見了普世間因緣如是【眾香旛樂器上同契大叫介】淳于生立地成佛也、【行介】

【清江引】笑空花眼角無根係夢境將人殢長夢不多時短夢無碑記普天下夢南柯人似蟻【眾拜介】萬事似回向妙無常一佛圓滿【上】

總評讀此記竟而不大悟者真夢漢也郎蟻子亦不如是也臨川先生大法師也

集　春夢無心祇似雲、一靈今用戒香熏、
唐　不須看盡魚龍戲、浮世紛紛蟻子羣、

玉茗堂南柯記卷下終

南柯記本唐人小說靜志居云此記悟徹人天勘破蟣蝨言外示幻居中點迷直與大藏宗門相脗合此爲見道之作亦清遠度世之文也山陰王謔菴比部意在校刊此記彙成四夢見快雨堂仌絲館重刻清暉閣本牡丹亭還魂記凡例並列著壇原刻凡例七條其第五條有言本壇原擬並行四夢迺牡丹亭甫就本而識者已口貴其紙人人騰沸因以此本先行海內同調須善藏此本俟三夢告竣彙成一集佳刻不再珍重珍重云云其矜貴可想厥後三夢終未見

行世竹林堂刻四夢亦衹牡丹亭還魂記一種爲山陰王謔菴清暉閣批校本快雨仌絲僅刻牡丹亭還魂記一夢其餘三夢亦未刻有傳本余彙刻雜劇傳奇五十種於四夢更能無佳刻精本乎還魂記前已據十行二十二字本刊行並以鈕少雅按對大元九宮詞譜格正全本牡丹亭還魂記詞調附後藉作校記紫釵記則據竹林堂本邯鄲記則據獨深居本此記初亦據獨深居點次本嗣得柳浪館批訂本前載目錄聯綴圖畫惜畫有殘缺卷首有總評一葉右角

下鈐三槐堂朱文大長方印第一葉右角下鈐華章
齋朱文小方印吳趨里人白文小方印是經雅宜山
人所藏柳浪館或刻有四夢曾於清暉閣刻牡丹亭
還魂記凡例中見有引及柳浪館本其爲前明舊刻
可知而所得惟此南柯記餘亦未之見卽依此本付
刻批評圈點極其謹嚴復合獨深居題辭批語圈點
於一本柳浪館本無邊批並從獨深居本採入字句
偶有異同加以按語標出書眉獨深居本批評亦有
從柳浪館本蓋柳浪館本刻在前也眉批未加標注

者皆爲柳浪館本原批有採臧吳興獨深居兩本者
則標明臧曰及獨深居本云以別之獨深居本亦復
審愼間有偶改一二字多因不合韻脚非如臧吳興
任意改竄直似與清遠爲仇要如臧之改訂折目刪
節曲詞皆取便於塲上演唱故於扮色最詳亦有可
取又以汲古閣竹林堂各本互相勘訂如第一齣柳
浪館汲古閣獨深居三本均目作提世竹林堂本目
作提綱因從竹林堂本第三十六齣柳浪館汲古閣
竹林堂目作還朝獨深居目作議塚臧吳興本目作

議葬是齣多言葬事改從藏本清遠填詞往往得意
疾書不甚檢核宮譜以故譌舛致多葉懷庭納書楹
譜考訂極精並從葉本校正扮角有照藏本闕白參
用毛本圖像則全橅藏本俾四夢皆歸一律擇善者
而從焉庶以暴清遠之真面亦可補清暉之缺憾不
敢謂此記之功臣也世傳四夢既鮮善本今以四家
各刻之一夢集爲四夢又據諸本互校乃成此佳刻
海內同調其亦有如清暉所云善藏而珍重之者耶
宣統丙辰新秋南山村劉世珩識於楚園

楚園先生此刻據柳浪館本復以諸本互校余又依
葉氏納書楹譜訂正曲牌詞句取莊邸大成宮譜分
別正襯格式其改訂曲牌處如樹國折之劍器令貳
館折之步蟾宮玩月折之小桃紅生恣折之鴨香三
枝船赤馬兒雙赤子拘芝蔴之類皆舊刻所譌而今
刻正之也其補正詞句處如引謁折絳都春序第二
曲云便衣衫未整造次穿朝原脫未整二字得翁折
醉太平曲云這遇妻之所拾得親父原脫之字粲誘
折金落索秋波選俊郎脫俊字御餞折尾聲云看他

們時至宣風化原作看他們時至氣化錄攝折字字
雙第二曲云山妻叫俺外郎郎原作山妻叫俺是外
郎召還折集賢賓曲云論人生到頭難悔恐原作論
人生到頭成一夢象讒折尾聲云且奪了湻于親侍
衛原作且奪了湻于棼侍衛尋寤折繡帶兒曲云還
鄉定出了這一座大城宛是我昔年東來之徑諸刻
皆作白文此皆不諧格律亦舊刊所訛也他若繫帥
折之滴滴金四門子生恣折之解三酲句法乖異不
可繩以舊式余以沈寗菴南曲譜李玄玉北詞譜與

莊邸九宮大成譜互勘格正之三曲中以解三酲爲
尤難臧晉叔所謂楊花腔格今世不傳無從考究矣
又集調誤爲正曲么篇書作前腔體例有所未安者
亦一一釐訂之至於齣目之同異角色之分配具詳
楚園跋中不復贅云丁巳孟春長洲吳梅校畢並跋

玉茗堂南柯記跋終

圖書在版編目（CIP）數據

暖紅室彙刻南柯記 /（明）湯顯祖著 ； 劉世珩輯刻
-- 揚州 ： 廣陵書社，2016.7
（中國雕版精品叢書）
ISBN 978-7-5554-0559-7

Ⅰ．①暖… Ⅱ．①湯… ②劉… Ⅲ．①傳奇劇（戲曲）一劇本一中國一明代 Ⅳ．①I237.2

中國版本圖書館CIP數據核字(2016)第129797號

ISBN 978-7-5554-0559-7

2011—2020年國家古籍整理出版規劃項目
揚州中國雕版印刷博物館藏板

暖紅室彙刻南柯記

（中國雕版精品叢書）

著　者　(明)湯顯祖
輯　刻　劉世珩
責任編輯　王志娟
出 版 人　曾學文
出版發行　廣陵書社
社　址　揚州市維揚路三四九號
郵　編　二二五〇〇九
電　話　(〇五一四)八五二二八〇八八　八五二二八〇八九
印　刷　揚州(廣陵書社)雕版印刷傳習所
版　次　二〇一六年七月第一版第一次印刷
標準書號　ISBN 978-7-5554-0559-7
定　價　壹仟捌佰圓整(全肆册)

http://www.yzglpub.com　E-mail:yzglss@163.com

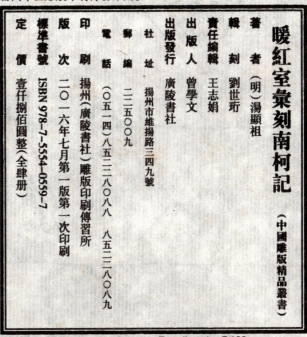